Das Vermächtnis des Arztes

Annette von Droste-Hülshoff

Widmung
An Sybille Mertens

Nicht wie vergangner Tage heitres Singen, –
Der Ton, den ich in frischer Jugend fand,
Nein, anders muß das düstre Lied erklingen,
Das schaudernd sich dem kranken Haupt entwand.
Doch wag' ich's dir, du treues Herz, zu bringen;
Gelang es oder mocht' es nicht gelingen –
Vertrauend leg' ich's in der Liebe Hand.

Wohl war er schön, wohl muß ich ihn beklagen,
Der frohe Blick, der ungetrübte Sinn;
Doch naht die Mittagssonne unsern Tagen,
So reift die Frucht und ist die Blume hin.
Was soll ich dir, mein zweites Selbst, noch sagen?
So bin ich, und so muß mich Billchen tragen;
Nicht wahr, mein Kind, du nimmst mich, wie ich bin? –

Das Vermächtnis des Arztes

So mild die Landschaft und so kühn!
Aus Felsenritzen Ranken blühn;
So mild das Wasser stürmt und rauscht,
Und drüber Soldanella lauscht!
Nichts, was ein wundes Herz so kühlt,
Als Bergesluft, die einsam spielt,
Wenn Maienmorgens frische Rosen
Mit Fichtendunkel flüsternd kosen.
Wo überm Wipfelmeer das Riff
Im Äther steht, ein flaggend Schiff,
Um seinen Mast der Geier schweift,
Tief im Gebüsch das Berghuhn läuft;
Es stutzt – es kauert sich – es pfeift
Und flattert auf; – ein Blättchen streift
Die Rolle in des Jünglings Hand,
Der schaut versunken über Land,
Wie einer, so in Stromes Rauschen
Will längst verklungner Stimme lauschen.
Er ruht am feuchten Uferrand. –
In seinem Auge Einklang liegt
Mit dem, was über ihm sich wiegt,
Mit Windgestöhn' und linden Zweigen:
Was ist ihm fremd, und was sein eigen? –
Gedankenvoll dem Boden ein
Gräbt Zeichen er mit spitzem Stein
Und löst gedankenvoll das Band
Am Blatt, wo regelloser Spur
Ach! eine Hand, zu teuer nur,
Vertraut gestörter Seele Leiden,
Die Wahr und Falsch nicht konnte scheiden.
Und will er – soll er – dringen ein
In ein Geheimnis, das nicht sein?
»Es sei! Es sei! die Hand ist Staub,
Und ein Vermächtnis ja kein Raub!«
Dann – Wasser, Felsen, alles schwand.

»Ich war noch jung; o Zeit, entflohne Zeit!
Wohl vierzig Jahre hin, mir ist's wie heut.
Ein frisches Wasserreis war ich, im Traume
Von Blüte, Frucht und tausendjähr'gem Baume.
Ein Flämmchen war ich, lustig angebrannt,

Mein Sohn! nicht Schlacke, wie du mich gekannt.
Ach! damals hatte fremde Sünde nicht
Gelegt auf meinen Nacken ihr Gewicht.
Klar war mein Hirn, die Seufzer durften ruhn:
So war's, so war's, und anders ist es nun.
Der dunkle Mann – das Bild, das mich umkreist –
Ich sage nichts, mein Sohn, was du nicht weißt.
Zu Nacht mein Auge fand das deine offen,
Dein sorglich Ohr mein Ächzen hat getroffen,
Wenn Mißgeschick in Sünde mir zerfleußt,
Zur Gegenwart wird die Erinnerung.
Alt bin ich, krank, umdunkelt oft mein Geist,
Das kennst du nicht, du bist gesund und jung.

Am zwölften Mai, bei einsam tiefer Nacht,
Nach einem Tag, ich hatt' ihn froh verbracht
Auf Waldeshöh'n, die, wimmelnd von Gesindel,
Zum Äther strecken ihrer Fichten Spindel,
An Böhmens Grenze eine starre Wacht:
– Dort nahm, der Wissenschaft und Armut Sohn,
Ein kleines Haus mich auf seit Wochen schon,
Wo Kräuter suchend zwischen Fels und Gründen
Die Einsamkeit ich traulich konnte finden, –
Am zwölften Mai, wo das Geschick mich traf,
Auf meinen Wimpern lag der Jugend Schlaf,
Doch ruhig nicht, mein Traum war wie im Fieber:
Am Felsen stand ich, Adler kreisten drüber;
Mir näher, näher aus dem tiefen Grau,
Der Flügel Schlag, ich hört' ihn ganz genau,
Und hört' es immer, als der Traum zerrann.
Vernahm ich's wirklich? Und was war es dann?
Den Atem haltend, lausch' ich vorgebeugt,
Und wahrlich – zweimal – dreimal – nah der Wand
Pocht es vernehmlich an des Fensters Rand.
Dann Schatten seh' ich vor der Scheibe schwanken,
Ein langer Arm, ein dunkler Finger steigt;
Ich war noch jung; wie Pulver die Gedanken,
Wenn aufgeregt, erkannten keine Schranken.
Man weckt den Arzt um Mitternacht so leicht:
Gewöhnlich fänd' ich's jetzt, dort wunderbar;
Doch Jugend schäumt entgegen der Gefahr,
Und ohne Sprudel ist kein Trank ihr klar.
So war's nur Neugier und verwegne Glut,

Was durch die Adern trieb das üpp'ge Blut,
Als ich verlassen jener Hütte Frieden
Um einen Wunden, wie man mich beschieden,
In jener Nacht so schwarz und schauerlich,
Daß nicht ein Glühwurm durch die Kräuter schlich;
Des Grases Knistern nur, der schwache Hauch
Des eignen Atems brach die Stille auch.
Vor ging ein Mann, und einer **nach** mir schritt.
Ich sah nur Grau in Grau und tappte mit,
Als wir dem Bergwald zogen stumm entgegen,
Gleich Kohlenstämmen unter Aschenregen.
Zuerst ein Weiher kam, und dann ein Steg,
Dann ging es aufwärts halb verwachsnen Weg;
Im tiefern Grau verschwammen die Gestalten;
Nur selten zeigten mir des Waldes Spalten
Noch meines Vormanns untersetzten Bau.
An einer Klippe meine Führer halten,
Und ich mich wende zu verstohlner Schau.
Nur dunkle Massen rings – wo mag ich sein?
Da über mir hört' ich die Eule schrein
Und dachte noch, ihr Nest liegt im Gestein.
Doch dort und dort und dorten, überall,
Entlang die Waldung, gellt's im Widerhall,
Ringsum die Zweige knistern wie im Brand,
Vor mir ein Mantel, drüben eine Hand,
Dann über meine Schulter es sich stemmt,
Und eine Binde hat den Blick gehemmt.
Der Boden schwindet; eh' ich mich gefaßt,
Ein Roß trägt schnaubend fürder seine Last.

Mir war doch schwül, als ich zum Zügel griff;
Seekranken war mir's gleich auf leckem Schiff.
Verwirrung hatte mich betäubt, – zum Heil,
Sonst hätt' ich mich gefürchtet, als so steil
Pfadlosen Weg betrat des Tieres Fuß,
Wo ich nur klammernd mich erhalten muß,
An seine Mähne mein Gesicht gelegt,
Daß mir des Tieres Schweiß vom Kinne rann.
Ich hörte, wie, von seinem Huf geregt,
Des Weges Steine langsam rollten, dann
Von Klipp' zu Klippe sprangen, bis zuletzt
Der Schall im Nachhall schwand. ich hörte jetzt
Ob meinem Haupt die Wasser niederrauschen,

Daß zarter Regen mein Gesicht benetzt.
Oft warnte eine Stimme mich in Hast:
‚Dich vorgebückt!' und über meinem Nacken
Strich sich ein breiter Ast mit trägem Knacken.
Entferntem Knalle glaubt' ich oft zu lauschen,
Der Boden einmal klang wie Estrich fast;
Was weiß ich, meine Phantasie war reg, —
Doch immer seltsam blieb und schlimm der Weg.
So öde war mein Hirn, gedankenleer,
Die Zügel ließ ich oft, dem Falle nah,
Dann wieder kehrte das Bewußtsein schwer,
Mit angeklemmten Gliedern saß ich da
Und log, von Sorge überschlau gemacht,
Ein heitres Angesicht der finstern Nacht.
Wie lange so, vermag ich nicht zu sagen.
Mir ist wie dem, der aus dem Schlaf erwacht:
Ihm scheint's vom Abend ein Moment zum Tagen,
Doch blieb ihm das Gefühl entschwundner Zeit,
Und öfters übers Ziel ihn führend weit,
Daß er die Sonne sucht um Mitternacht.
Ja! sinn' ich, was noch all sich zugetragen,
Bevor es tagte, hat die Fahrt wohl kaum
Gefüllt aufs längste einer Stunde Raum.
Dann stand das Tier, und Arme fühlt' ich wieder;
Nun schwebt' ich in der Luft, nun ließ mich's nieder;
Und tiefer in der Brust der Atem glitt,
Als Grund, als festen Grund mein Fuß beschritt.

Voll Schwindel war ich, halb bewußtlos noch,
So griff ich nach der Binde; hastig doch
Mich faßte eine Hand, die war so stark,
Der leichte Druck mir rieselte ins Mark.
Und weiter, weiter durch betautes Kraut;
Man wandte rechts und links und sucht' zu meiden,
Was, weiß ich nicht; doch konnt' ich unterscheiden
Im Gras verstreuten Schutt – hier ward gebaut.
Dann Stufen ging's hinunter, seltsam hallend,
Und immer tiefer, eine lange Reih'.
Ich stütze mich auf Mauern, morsch, zerfallend,
Hier klang der Atemzug ein halber Schrei;
Zur Seite hör' ich's tröpfeln, wie vom Regen –
Ich räuspre – und es schmettert mir entgegen –
Des Kleides Reibung flüstert am Gestein –

Dies mußt' ein lang und tief Gewölbe sein.
Vor allem seltsam war's, als, unterm Grund
Auftauchend, Schritte rechts sich gaben kund.
Wie Schmiedehämmer pocht' es um und neben;
Die eingepreßte Luft, es trog mich nicht,
Ich fühlte um Gesicht und Brust sie beben.
Doch ferner, schwächer schon der Schall sich bricht.
Nur immer weiter, wie die Wege drehn,
Und bald verschwimmt das Klirren, Rufen, Gehn
In ein Geschwirr, dem Hall des Wassers gleich,
Wenn's niederrauscht in einer Grotte Reich.

Oft sinn' ich, wie mir alles noch so klar;
Ich war betäubt, drum scheint mir's sonderbar.
Ja, Angst ist fein, und, schier bewußtlos, doch
Mechanisch sammeln ein die Sinne noch.

Nun stand mein Führer: schwere Riegel klirrten,
Schnell schwand das Tuch, und schneller vors Gesicht
Schlug ich die Hand, mich blendete das Licht,
Man sprach zu mir, ich sah und hörte nicht;
Von allen Seiten bunte Flügel flirrten:
Es tat der Binde Druck, denn da's zerging,
Ein einsam Lämpchen nur im Winkel hing,
Wo einer Scheibe viel durchlöchert Ziel
Das erste war, was mir ins Auge fiel.
Und als ich noch dem Schwindel kaum entrann,
Zu einer Wölbung zieht man mich hinan,
Bis dicht vor meinen Füßen liegt ein Mann,
So ausgespannt, wie sich die Leiche streckt.
‚Und dieser ist's?' vom groben Pelz bedeckt?
Und diesem soll ich helfen? – Wenn ich kann.'
Ich sah den halbentblößten Fuß, die Hand,
Kalt, totenfahl, erschlafft der Muskeln Band;
Ich sah recht um der Lunge Sitz das Tuch,
Wodurch ein Streif sich naß und dunkel wand:
Ich sah das schwarze Blut am Boden hier
Und weiß nicht, wo ich die Gedanken trug,
Gleich einer fremden Stimme sprach's aus mir:
‚Bei Gott! bei Gott! bei Gott! der hat genug.'
Ob man's vernommen hat? ich glaub' es kaum;
Mich dünkt, gemurmelt hab' ich wie im Traum.
Ein Schimmer jetzt auf den Enthüllten fällt,

Auf Züge, edel, doch gefällig nicht.
Dies Auge kalt und unbezwungen bricht,
Da sich dem Tod zum Kampf die Seele stellt.
Vor Grimm dies Antlitz schien mir zu erbleichen
Um einen Gegner, dem es jetzt muß weichen.
Kraftsammlung, tiefes Brüten, sollt' man glauben,
Bewegung ihm und Sprache müsse rauben;
Und drüber, wahrlich, noch ein Hauch sich rührt
Von dem, was Herzen anlockt und verführt.
Ich sah wohl, wie es mit uns zweien stand,
Mit mir und ihm, wir beid' an Grabes Rand,
Da hab' ich auch gefühlt zu diesem Mal,
Wie Todesangst in vollem Laube tut.
Man meint, am besten sei's so kurz und gut,
Bevor uns Krankheit Zoll um Zoll verzehrt;
Glaub' mir, es ist 'ne wunderliche Wahl,
So um sich, neben sich kein Fußbreit Raum,
Und überm Haupt an einem Haar das Schwert! –
Fürwahr, die Zunge klebte mir am Gaum!
Vielleicht dem Fischer mag ich mich vergleichen,
Der sonder Nahrung im verschlagnen Boot
Die Möwe streifen sieht und an dem bleichen
Gewölk aufzucken ferner Blitze Rot, –
Gleich nah dem Abgrund und dem Hungertod.

Doch die Besinnung kehrte mir zum Heil,
Auch etwas Mut und eben List genug;
Ich konnte fragen in geschäft'ger Eil'
Nach jener Waffe, so die Wunde schlug.
Der Führer sprach – fürwahr, ich weiß nicht, was.
Mein Blick hing an des Kranken Muskelspiel:
Die Lippe bebt, das Auge hat kein Ziel.
Auf seinen Busen legt' ich meine Hand
Und fühlte, wie der Herzschlag kam und schwand
In Stößen bald, dann wieder träg und laß;
Da grade ward das Eisen mir gereicht,
Ein Messer aus dem Küchenschrank vielleicht,
Mit einer Schling', es an die Wand zu hängen;
Das Ansehn einer Waffe hat's zumal,
Die man ergreift in Angst und Todesqual.
Ich fühlte wohl, wie mein Gesicht erblich.
Und als der Klinge blutgefärbte Längen
Am Ärmel auf und ab der Führer strich,

Und recht als ob ihn wilde Lust beschlich,
Nun spielend zuckt' und ausholt' gegen mich:
Es war mir doch, als dringe ein der Stich.
Verbergen wollt' ich meiner Knie Schwanken
Und suchte nach des nächsten Schemels Halt,
Man sollte wähnen, sorglos, in Gedanken:
Da traf ich eine Hand, so feucht und kalt;
Doch jene nicht der kämpfenden Gestalt,
Nein, neben mir, daß Arm an Arm sich drücken,
Sitzt eine Frau, das Auge wie von Stein,
Auf den gewendet, der dem öden Sein,
Es scheint, mit sich zugleich sie wird entrücken.
Im Antlitz lag so tiefer Seelenschlaf,
Wie nie bei Kranken ich noch Irren traf;
Die Stirn – ein Gletscher klar im Alpental,
Durchkältend uns mit dem gefrornen Strahl;
Dies Auge – seltsam regungslos und doch,
Erloschen gleich, voll toten Lichtes noch.
Nicht Wahnsinn war's, doch Schlimmres, was ich sah;
Und mich bezwang's, daß ich vergaß, was nah,
Zudem da dämmernd, dämmernd, halb gefühlt,
Wie Wetterleuchten die Erinnrung spielt.
Dies Antlitz ist – und doch ein andres ganz,
Ich hab's gesehn, es war im höchsten Glanz.
Und wo? Und wo? – ‚Halt an!' – Wie fuhr ich auf!
Mein Führer zupfte an der Binde Knoten.
Ward der gelöst, und frei des Blutes Lauf,
Gewiß nichts Gutes ward mir dann geboten!
Was wär' ich jetzt? Ein Schattenbild, des dann
Gedenkt noch hier und dort ein alter Mann.
Und du, mein Sohn? Was die Atome sind;
Sonst andrer Mann, und andren Mannes Kind. –
Ach, alles Leben ist wie Schaum und Duft!
Und doch hat jede Stunde ihre Pein.
Die Enkel treten meiner Freunde Gruft;
Wo bist du, Eduard? ich bin allein –
Ach Gott! mich quälen meine Träumerein...«

Hier folgt ein Blatt, bekritzelt und zerpflückt,
Quer übern Raum die wilden Schnörkel fahren,
Mitunter Striche, durchs Papier gedrückt,
Gepreßter Finger Zucken offenbaren.

Der Jüngling seufzt und wendet rasch das Blatt.

Hier steht's:

»Mir war nicht wohl, nun bin ich matt,
Fürwahr, fürwahr, und auch des Lebens satt.
Doch weiter – da du's wissen mußt, mein Sohn –
Naphtha bekam der Kranke, sagt' ich schon;
Was soll man sonst in solcher Not verschreiben?
Noch einmal wollt' ich künstlich Feuer treiben
Durch seine Adern, ob sich mir vielleicht
Indes, der Himmel weiß, welch Ausweg zeigt:
So jung noch sollt' ich in der Schlinge bleiben?
Ein junges Blut ist hoffnungsreich und leicht.
Ich gab ihm Naphtha; bis die Wirkung kömmt,
Lass' ich verstohlen meine Blicke streifen;
Die Dämmrung ferner nicht das Auge hemmt,
Es möchte jeden Gegenstand ergreifen.
Ich war in einem dunstigen Gemach.
Langsame Tropfen glitten von den Wänden;
Aufrecht gestellt träf' ich der Wölbung Dach;
Ob dies die Werke sind von Menschenhänden?
Zu schlecht zum Keller und zu gut zum Stollen:
Was mögen diese langen Zapfen sollen?
Ich meinte Stalaktiten; in der Tat,
Die erste Höhle war's, so ich betrat,
Und rings, wie zu gemeiner Maskerade,
Hing's überall in schmutziger Parade:
Ein Bauernkittel und ein Mönchsgewand,
Soldatenkleider, Roßkamms langer Rock,
Beim Judenbart des Älplers Hakenstock,
Und gleich am Lager mir zur rechten Hand
Hier ein Gewehr von Damaszierung falb,
Ein andres dort, beschmutzt, zertrümmert halb.
Auch nicht zu fern auf rohbehaunen Stein
Die Lampe warf den halbentschlafnen Schein
Aus einer Schale, wie mich dünkte, reich
Mit Wappen oder Bildern ausgeziert.
O daß man mich an diesen Ort geführt,
Von übler Vorbedeutung schien mir's gleich!
Denn wie man die Umgebung so vergaß,
Nachlässig war es über alles Maß!
So irrend trifft mein Aug' auf jene Frau;

Sie ist verwandelt; in den schönen Bau
Kam Leben, aber erst wie Dämmerlicht
Sich mählich, mählich durch die Nebel bricht.
Sie sitzt nicht mehr, sie hat sich aufgerichtet,
Hält mit der Hand des Kranken Haupt gelichtet,
Sie blickt wie ein vom Schlaf erwachtes Reh.
Auf ihre Wange zog ein zarter Schein,
Wie Morgenhimmel, wogend übern Schnee,
Ihm seine lichten Spuren drückte ein.
Nun hebt den Arm sie, rückt die Locken, – ja!
Da plötzlich tritt mir die Erinnrung nah,
Wien, Karneval, der Maskenball sind da.
Um diesen Nacken Perlenschnüre spielten,
In diesen dunklen Locken lag ein Kranz,
Es war, als ob auf sie die Fackeln zielten,
Wenn sie vorüberglitt, ein Lichtstrom ganz,
Noch seh' ich, wie der milde Kerzenschein
In Atlasfalten schlüpfte aus und ein,
Wie eine Rose sich, gelöst vom Band,
Ob ihrer Augen Bronnen schien zu bücken.
Sie war das schönste Grafenkind im Land:
Dennoch ein Etwas lag in ihren Blicken,
Als ob sie alle dulde, achte keinen,
Der schöne Mund geformt schien zum Verneinen:
Nicht Härte hab' ich's und nicht Hohn genannt,
Jedoch zu allernächst es beidem stand.
Man sagte mir, dies wunderschöne Bild
– Vertraute Stimmen wurden drüber laut,
Für Herzensschwächen ist die Menge mild –
Man nannt' es eine unglücksel'ge Braut.
Der Mann, dem Elternwille sie versprach,
Er legte selbst den Grundstein seiner Schmach,
Als er mit ungestümer Grille Hang,
Wie Schwache gerne keck und seltsam scheinen,
Dem Fremdling auf sich zum Genossen drang,
Der sich am mindesten ihm mochte einen,
Der zehnfach schöner, tausendfach so kühn,
Mit Sitten, die beleid'gen und verführen,
Genau gemacht, ein starkes Herz zu rühren,
Geheim, man wußt' es, ließ die Braut erglühn;
Der folgt' sein Blick, wie dem Kometen klar
Die Seuche und das segenlose Jahr.
Von beiden Männern dort ich keinen sah,

Gefährlich war der Fremde oder nah,
Von ihm man flüsterte; mit offnem Hohne
Den Grafen macht' zum albernen Patrone.
Parteiisch man des Weibes Fehl vergaß,
Nur Männer wurden laut, dort wo ich saß.
Mir schien sie stolz, weit über Ziel und Maß,
Und minder trauernd auch als still entbrannt,
Dem Himmel zürnend, andern, ihm und sich,
Daß er's gewagt, daß er den Schlüssel fand,
Zum mindesten so wirkte sie auf mich.
Doch all mein Sinnen hielt sie so gebannt,
Um sie das Fest vor meinem Auge schwand;
Und als sie zeitig ging, da ging auch ich.

Drei Jahre waren hin, seit dies geschah,
Und jetzt an sie mich mahnte, was ich sah,
Wie Steingebilde, übers Grab gestellt,
An jenes mahnt, was unter ihm zerfällt,
Wenn Seele fordernd stehn die Formen da.
– Es pickt der Fink am Auge regungslos,
Und ruhig wächst auf ihrem Haupt das Moos –
Nur wenig minder Totes war mir nah,
Im dunklen Blick, so überreich gewesen,
Doch eins noch war aus jener Zeit zu lesen:
Verhärtet Dulden – ob von Haß getrennt? –
Zu tief versenkt lag's in dem tiefen Blau.
Ich sann, und daß ich's tat in **dem** Moment,
Bezeugt, wie seltsam fesselnd diese Frau.

Des Kranken Muskeln, totenbleich erschlafft,
Indes hat aufgespannt des Äthers Kraft;
Nicht all so stier das Auge glänzte mehr,
Den Arm sah ich ihn heben minder fahl,
Das Haupt verrücken auch nach eigner Wahl
Und Zeichen geben, wie ihn dürste sehr.
‚Wird's besser?' sprach mein Führer, ‚kömmt er auf?'
Ich nick'. Er gähnte, dehnte sich, stand auf
Und stapfte fort; die Freude schien nur klein,
Und locker hier der Schlimmen Band zu sein.
Mir war's wie ein Gewitter, das verzog,
Als er so langsam um die Ecke bog
Und träge schob die langen Glieder vor.
Ich hört' ihn rauschen durch Geröll und Sand,

Dann seitwärts, ferner dann, dann ging ein Tor;
Ich lauschte, lauschte, lauschte – alles schwand.

Und Mut nun, Mut! der Augenblick ist mein:
Ich muß ihn halten oder gehn verloren;
Noch einmal flammt, dann lischt das Meteor!
Ich war allein, mit jener Frau allein.
Sprach ich zu ihr? Sie blickte nicht empor,
Ihr Auge will sich in den Estrich bohren,
Kaum atmet sie; mir alles deuten muß
Auf Schweigens tief verhärteten Entschluß.
Ob sie mich sieht? Sie scheint betäubt zu sein,
Und ‚Hört mich, schöne Frau!‘ Sie regt sich – nein.
Und wieder ‚Hört mich, schöne Frau!‘ Sie schweigt.
Ganz sacht erheb' ich mich – was rauscht, was steigt
Im Winkel dort? Ein Fleck, ein Schatten, ha!
Nun rückt es vor – und nun, nun steht es da!

Ungern gedenk' ich des, den du wohl weißt,
Des Dunklen, der allnächtlich mich umkreist,
Auf meine Scheitel legt die heiße Hand, – –
Ungern gedenk' ich des, der vor mir stand.
Ihn zu beschreiben, unnütz wär's und kühn.
Du willst mir's hehlen, Sohn! doch sahst du ihn,
Als lang und bleich zu deinem Bett er trat;
Er rührte dich, du zucktest wie gebrannt,
Du zucktest, ja du zucktest in der Tat,
Und seufzen hört' ich dich in jener Nacht;
Mich schlafend meintest du? Ich hab' gewacht!
Ob nicht ein Sternbild seine Augen scheinen,
Das über Klippen steht und dürren Hainen?
Die Wimper schattet seiner Züge Bau,
Wie übers Leichenfeld sich senkt der Tau:
Was er verbrach, Gott mög' ihm gnädig sein!
Und **eine** Tat, der mög' er ledig sein;
In dieser Brust wohl keimte gute Saat,
Ob mir's verborgen blieb, was sie zertrat.
Ich sprach zu ihm, nicht nur, was ich beschloß,
Geheimes selbst mir von den Lippen floß:
Ein Pilger, der, in Räuberhand gefallen,
Hört plötzlich nahe Wanderlieder schallen,
Dünkt minder sich des Nahenden Genoß.
Seltsam gewiß, wie ich so ganz vergaß,

Daß er im blut'gen Rat mit jenen saß.
Ich ward gehört, und ob kein Wort er sprach,
Nur tiefer legte seiner Wimper Hag:
Sein Schweigen selber meine Zweifel brach.

Was dann dem Kranken er geflüstert hat,
Erwidert' dieser auch mit Zeichen matt:
Nur wenig Laute kamen an mein Ohr;
Einmal der Wunde zuckte doch empor.
Die wilde Fassung, so sein Antlitz sprach,
Doch unwillkürlich sich in Schauder brach,
Und noch zu bergen sah ich ihn bedacht,
Was selbst den Wurm im Staub sich krümmen macht:
Ich wußte, daß der Tod ihm angesagt!
Den Namen jener Frau dann hört' ich nennen
Und einen Laut sich von der Kehle trennen,
Gewaltsam zwar, so hohl und heiser doch,
Wie ihn die Woge ächzt im Klippenloch.
Mit raschem Flüstern ein der andre fällt,
Was Wildes seiner Stimme war gesellt;
‚Sie folgt dir!‘ Ein dann eine Pause trat,
Und dann, und dann – hält um den Arzt man Rat.
Alsbald der Jüngre hatte sich gewandt,
Daß beider Antlitz mir in Schatten stand.

Was meinst du, was durch meine Adern bebte,
Als überm Haupt des Richters Stäbchen schwebte?
Nur Lispeln hört' ich, wie die Pappel rauscht,
Doch Angst dem Lispeln selber Deutung gab;
So feinen Ohres hab' ich nie gelauscht.
Es stieg und sank, mit einemmal brach's ab,
Und plötzlich eine Hand sich aufwärts ruckt,
Die winkt und winkt und nach der Pforte zuckt.
Dann fiel sie schlaff hinab – es war vorbei –
Gott lösche ihm die Schuld! er gab mich frei!

Der Jüngling blickte auf den toten Mann,
Wie sehr er ihn geliebt, man sah's ihm an.
Doch etwas lag im Auge offenbar,
Was dämpfen mochte allzu herbe Glut;
Mich dünkt, so blickt man auf verwandtes Blut,
Des Schmach uns bittrer als die eigne war,
Wenn's endlich ruht im Sarge, schandebar.
Nur ein Moment noch, wo er stand und sann;

Und einen Eid ließ er mich schwören dann,
Des Räubers Fluch, daß, sinne ich Verrat,
Geschick mich treiben soll' zu gleicher Tat,
Und diese Höhle sei mein letzter Rat;
Ich soll' den Wald, mich drin zu bergen, suchen,
Den Menschen nahn, damit sie mich verfluchen,
Am schrecklichsten mir sei der Heimat Licht
Und tötend meiner Mutter Angesicht –
Matt war sein Ton, das Ende hört' ich nicht.

Und fort nun, fort! Was ward aus jener Frau?
Sie ruhte jetzt, gleich Schlummernden genau,
Das Haupt im Schoß, mehr ist mir nicht bewußt,
Die Eil' den Atem schnürte in der Brust;
Und fort nun, fort! Geblendet wie zuvor,
Durch manche Krümmung ging's und mach ein Tor;
Voran der Jüngling zog in Hast mich nach,
Einmal nur Bretterwand uns schien zu scheiden
Von Gläserklang und ausgelaßnen Freuden.
War etwas minder tobend das Gelag,
Ich hätte wohl verstanden, was man sprach.
Hier war von einem Quell der Weg durchschnitten,
Geräusch zu meiden wir behutsam schritten;
Und nun hinauf! die Hand dort angeklemmt!
Den Kopf gebückt! und hier den Fuß gestemmt!
Die Mauern bröckeln, rieseln uns entgegen;
Wir rutschen lang, oft an den Grund uns legen,
Mein letzter Griff in Kräuter war und Gras.
Nun noch ein Schwung: ich stand in freier Luft.
Noch wenig Schritt', hier wehte Fliederduft:
Auf meines Führers Ruck' ich niedersaß,
Zwei Worte sprach er, die ich nicht verstand.
Dann plötzlich schwand aus meiner seine Hand,
Mir war nicht wohl zumut, ich war allein!

Vor einer Stunde hätt' ich nicht gedacht,
Als jedes Auge schien 'ne grimme Wacht,
Daß Einsamkeit mir peinlich könnte sein.
Ich saß am Grund wie ein verspätet Kind,
Das rispeln hört den Wolf, die böse Fee
In jedem Strauch. Wenn reger strich der Wind,
Ein Halm mich rührte, wenn in meiner Näh'
Ein Vogel ruckt' im Nest, die Brut zu decken:

Zusammen fuhr ich in geheimen Schrecken.
Doch alles ruhig, nur die Fichten rauschen,
Und eine nahe Quelle murmelt drein.
Die Zeit verrinnt, es wächst, es wächst die Pein.
Was knistert dort? Ein Hirsch vielleicht, ein Reh,
Das nächtlich Nahrung sucht, so mußt' es sein.
Am Zweige hört' ich's nagen, schnauben, lauschen,
Dann sprang es fort; – gekauert saß ich da,
Denn plötzlich waren Männertritte nah.
Und vor mir im Gesträuch es knackt und bricht,
Die Zweige schlagen feucht an mein Gesicht.
‚Ist's hier? Nein dort, es ist die Stelle nicht.'
Kaum hielt ich mich, daß nicht ein Schrei entfuhr,
Ja, mühsam ich des Atems Keuchen zwang.
Sie stöbern, wie der Hund auf Wildes Spur,
Um manchen Baum und das Gebüsch entlang;
Dann endlich gehn sie, schleifen etwas nach,
Das dicht vor mir im Strauch verborgen lag.
Dem Himmel Dank! mir ward die Seele wach;
Es war gewiß, sie wußten nichts von mir.
Was sie gesucht, nie hab' ich dran gedacht;
Vielleicht ein Raub, hier ins Versteck gebracht.
Ich dacht' und wünschte eins, den Jüngling hier,
Der mich geleitet, und er war mir nah;
Kaum sind die andern fort, so steht er da.

‚Zu Pferd! zu Pferd! es ist die höchste Zeit!'
An mir gewiß nicht lag's, ich war bereit,
Saß auf, und über Stock und Stein wir traben
Wie solche, die den Feind im Nacken haben;
Nie macht' ich gleichen Ritt. So Nebel fliehn,
Wenn Stürme über braune Heiden ziehn,
So Schwalben, wenn die Wolke murrt und droht;
Am Sattel mich zu halten tat wohl not,
Da wahrlich schlimmer als zuvor der Weg,
Wenn ich so nennen soll, wo weder Steg
Noch Hag uns Hemmung schien: dies Wege waren,
Die heute wohl und nimmermehr befahren.
Bald rechts, bald links; bald offen schien das Land,
Bald peitschten Zweige mir Gesicht und Hand.
Den Führer nur verriet des Hufes Ton;
Zuweilen doch, wenn stutzt das Roß im Trab,
Macht Sätze gleich dem Hirsch, und wenn's bergab

Sich kunstreich stemmend gleitet auf den Eisen,
Ist ihm ein kurzer Warnungsruf entflohn.
Der Lärm bringt alle Vögel aus den Gleisen:
Das flattert, zirpt, mich Äste blutig färben,
Fürwahr! ich dachte auf dem Tier zu sterben!
Es war ein Hexenritt. Doch lange nicht,
So stand das Roß; mein Führer sprach: ,Steig ab,
Der Mond ist auf, wir müssen Bahn uns brechen.'
Die Binde fiel, ich sah ein sanftes Licht;
Doch jener trieb: ,Voran! voran! voran!'
Und drängte ins Gebüsch so schwarz und dicht,
Wo Dorn und Ginster uns die Fersen stechen.
Doch endlich dämmert's, und nun kam heran
Zuerst ein Strahl, und dann durch Waldeslücke
Der ganze Mond auf seiner Wolkenbrücke.
Dann standen wir am Hange, wo ein Tal
Tief unten breitet seinen grünen Saal.
Der Jüngling sprach: ,Halt dich am Waldessaum
Und spute dich, wir beide haben Eil'.
Leb wohl! An deinen Schwur ich mahne kaum,
Du wirst verschwiegen sein zu eignem Heil.'
Und auf mein Haupt legt' er die Hände heiß
Und blickte tief mir in die Augen ein;
Noch einmal sah ich in des Mondes Schein
Sein Angesicht, die Züge blaß und rein,
Ich sah noch zucken seine Wimper leis;
Dann schnell gewendet, eh' ich mich verwahrt,
Behend umfaßt er, wirbelt mich im Kreis.
Fort war er, hin. Vollendet war die Fahrt!

Ich streckte mich auf grünen Teppich nieder,
Zum Tod erschöpft, es schütterten die Glieder,
Und kann nicht sagen, wie so wohl mir war.
Der wüste Ritt, entschwundene Gefahr
Ließ doppelt noch den Augenblick empfinden,
Nachdenken konnte keine Stelle finden,
Da sich in Taumel herbe Spannung brach.
Halb schlummernd sah ich in den grünen Hag:
Die Nacht war jetzt so milde, lichtbewegt,
Als sie begonnen schwarz und schauerlich.
Ein jedes Kräutchen Taugeflitter trägt,
Es schläft der Klee, die Blumen bücken sich,
Im Traume lächelnd scheint der Mond zu beben,

Wenn linde Nebelstreifen drüber schweben.
So ruhig wohl am dritten Schöpfungstag
In ihrem ersten Schlaf die Erde lag,
Wo Leben nur in Kräutern noch und Gras.
Ganz heimisch war die Scholle, wo ich saß;
Denn tausend Schritt von dieser Stelle noch
Barg meine Klause jenes Klippenjoch:
Dies Wasser rauscht' an ihren Bretterwänden,
Ihr Gärtchen lag an jenes Waldes Enden,
Dies ist der Baum, wo ich im Schatten lag,
Und dies die Höhe, wo ich Kräuter brach.
Ob wohl die Quelle drunten wacht im Tal?
Ein Glitzern nur verrät das klare Naß. – –
So sinnend wär' entschlummert ich zumal,
Wenn nicht der Tau sich durch den Mantel stahl.
Die Kälte weckte mich, es war im Mai,
Es war wohl schön, doch frisch die Nacht dabei.
Nicht fern mehr schien der Tag: so stand ich auf
Und dämmerte gemach den Wald hinauf,
Durchaus nicht, wie du denken magst, erschüttert,
Nein, gleich dem Kranken, wenn nach Fiebers Wut
Ihm schlafend durch die Adern schleicht das Blut,
Nur vor Ermattung jede Muskel zittert.
So träumte und so schlief ich halb voran,
Folgt' einem Pfade, einem andern dann,
Sah endlich auf und stand in Waldes Bann.

Ob schon so weit ich mich bereits verirrt,
So stumpf mein Sinn in diesem Augenblick?
Genug, ich ging und ging, und immer wirrt
Der Pfad sich tiefer in den Hain zurück.
Wie lang ich so getappt die Kreuz und Quer,
Durch Dornen mich und durch Gesträppe schlug,
Bald Pfaden folgte, bald dem Ungefähr,
Und jeder Schritt mir üble Früchte trug:
Nicht meld' ich's lang, der Weg war schlimm genug,
Von oben dunkel und am Grunde wüst.
Manch Vogel strich vom Lager mit Geschwirr,
Unsichtbar aus der Luft die Eule grüßt',
Doch ließ mich träg und dämmrig das Gewirr,
Ich ging ja ungefährdet, ob auch irr.
Mich dünkt', in dieser Stunde litt mein Hirn,
Brand und Gekrimmel fühlt' ich in der Stirn,

Gesumme hört' ich wie von fernen Glocken,
Und mir am Auge schossen Feuerflocken;
Einmal gefallen blieb ich liegen gar,
Ließ mich geduldig von den Ranken tragen
Und mein Gesicht Gezweig' und Blätter schlagen
Und nahm von allem dem nur wenig wahr.
Die Ranken lösten sich, ich rutschte nach,
Geblieben wär' ich sonst bis an den Tag.
Als ich zuletzt der Wildnis doch entkam,
Nichts mehr um mich den Sinn in Anspruch nahm;
Daß frei die Luft, daß moosbedeckt der Grund,
Daß süß die Ruh', dies war allein mir kund.
So lag ich nieder unter Kraut und Steinen
Und ließ den Mond mir in den Nacken scheinen;
Noch zuckten Funken, Sterne rot und grün,
Und dann – und dann – das Auge langsam bricht,
Die Glocken läuten – bimmeln – weiterziehn –
Wie hoch es an der Zeit, ich weiß es nicht.

In Tönen kehrte das Bewußtsein mir;
So lieblich aus der Luft die Wirbel dringen,
Gewiß, ich hörte eine Lerche singen
Und dachte noch, sie muß den Morgen bringen:
Ob Traum, ob Wirklichkeit, das fragt sich hier.
War's Traum, dann trag' ich manches graue Haar
Umsonst und manche tiefe Furche gar.
Allein ich wußte, wie das Haupt mir schwer,
Auch daß ich mich gewendet, rückwärts lag,
Auch daß mir dürres Laub den Nacken stach. –
Nein, nein! Nicht schlief ich, da so fest gekettet
War jede Muskel, wie im Tod gebettet;
Der kleinste Ruck versagt, so lag ich fort
Und horchte immer dem Gewirbel fort.
Mit einem Male hör' ich's seitwärts knistern,
Mir immer näher tappen, klirren, flüstern;
Ich konnte zählen, ihrer waren drei:
Sie strichen mir so dicht am Haar vorbei,
Daß jedes Mantel meine Schläfe rührt.
Dann still – wie Wild, das nach dem Winde spürt –
Und dann, aus Weibes Brust ein schwacher Schrei:
‚Ich mag nicht leben; doch von eurer Hand!
Nein, nicht von Eurer Hand!' Man flüstert, steht.
Und dann ein Laut, der mir die Seele bannt;

Du ahnest wohl, mein Sohn, wen ich erkannt.
‚Bet', Theodora, sammle dich und bet'!' –
‚Ich kann nicht beten!' – ‚Deine Hand ist rein,
Versuch' es nur; Gott mag dir gnädig sein!'
Angstvoll Gemurmel glaubt' ich jetzt zu hören
Und Seufzer, die das Blut im Herzen stören;
Nie wünsch' ich meinem Feinde solche Pein,
Als mir aus diesen Tönen schien zu klagen.
‚Ich kann nicht sterben, schmachvoll und allein;
O bringt mich fort, nur fort, wohin es sei!'
Und hastig flüsternd fallen ein die drei.
Was man gedroht, gefleht, ich nicht vernahm,
Doch ruhig ward's und eine Pause kam.
Gott gebe, daß sie sich zu ihm gewandt,
In dessen Huld ihr einzig Hoffen stand.
Mit einmal hört' ich's an die Klippen schlagen
Und einen Schrei noch aus der Tiefe ragen; –
Vorüber war's, so totenstill umher,
Der Nadel Fall mir nicht entgangen wär'.
Wo blieben jene drei? Ich kann's nicht sagen,
Sie waren fort; kein Läubchen rauschte mehr!
Nun kommt in holprigem Galopp ein Hund:
Er will vorüber, nein, er stellt sich, knurrt;
Da kriecht er ins Gebüsch, legt an den Mund
Mir seine Schnauze, schnuppert mir am Gurt;
Doch auf ein fernes Pfeifen trabt er fort,
Läßt mich in kaltem Schweiß gebadet dort
Noch immer an der Erde wie gebannt.
Du magst ermessen, was ich wohl empfand,
Da all mein Trost in Traumes Hoffnung stand.
Denn wenn ich träumte, war ich mir's bewußt,
Und daß ich träume, dacht' ich halb mit Lust,
Versuchte auch zu regen meine Hand;
Vergebens anfangs: doch ein Finger ruckt,
Und plötzlich bin ich in die Höh' gezuckt.
Da saß ich aufrecht, aber wüst und schwer.
Der Wald war stumm, die Fichten starrten her,
Die Dämmrung um mich wogte wie ein Meer,
Und alles schien dem Traume zu gehören.
Da saß ich, schweißbedeckt, vor Kälte zitternd,
Ein scharfer Ost, an Strauch und Halmen knitternd,
Verkündete des Tages Wiederkehr.
Noch kämpfte Dämmrung, doch das Morgenrot

Aus halbgeschloßner Wolkenpforte droht'
Und spülte kleine Feuerwellchen her.
Es streckt sich, dehnt sich, gleitet in den Raum,
Die rote Welle schlägt der Berge Saum,
Allmählich zündet's, geht in Flammen auf:
Der Tag, der Tag beginnt den frischen Lauf!
Zum hohlen Stamme Nachtgevögel kehren,
Hoch oben läßt der Geier Ruf sich hören,
Und tausend Kehlen stimmen jubelnd ein.
So maienhold kein andrer Tag mag sein
Wie dieser, und so mild in Waldes Hag
Noch nie ein Tal am Morgenstrahle lag!
Wie war das neugeschenkte Leben reizend!
Ich schlürfte Licht und Luft, nach allem geizend.
Und als ich sah die Herde drunten grasen,
Am Quellenrande sich die Weiden neigen,
Ein einfach Lied den Hirten hörte blasen,
Und durfte wenig Schritt' nur abwärts steigen:
Da schien mir alles, alles dies mein eigen.
Doch weiß ich auch, daß Schauer mich beschlich,
Da allgemach der Morgenstern erblich,
Als scheide etwas, das mir teuer war;
Nie hab' ich später diesen Stern gesehn,
Daß jene Nacht nicht muß vorüber gehn.

Der Rausch verschwand, und mählich ward mir klar,
Vom Traume sei doch wohl die Hälfte wahr.
Ja, deutlich wird mir's, wie ich nachgedacht;
Den Ruf, das Höhlennest, den Ritt bei Nacht
Muß ich mit Schauder doch dem Leben lassen.
Das Letzte nur, gewiß, das blieb ein Traum!
Wo war die Kluft, der sich der Schrei entrang?
Wo Kampfes Spuren hier am linden Hang,
Da abwärts alle Hälmchen aufrecht standen,
Da frisch wie je sich Zweig' und Ranke wanden?
Des ward ich froh. – Ach Gott! ich ward es kaum,
So fiel mein Blick in einer Kuppe Raum,
Gespalten grade einen Leib zu fassen.
Nicht sieben Schritt von mir die Klippe stand;
Zuvor erschien sie ungeteilte Wand,
Doch eben traf ein Strahl den scharfen Rand.
So unversehens fällt kein Schlag im Spiel,
Als mir's wie Hammerschlag zum Herzen fiel.

Die Angst, die Angst mir schnürte alle Sinnen,
Hinanzutreten konnt' ich kaum gewinnen.
Und – höre Sohn! – das Ufer hing hinein,
Wie wenn man rutscht und nach die Scholle bricht.
Vielleicht doch, möglich, konnt' es Zufall sein:
Der Rand war schroff und bröcklig das Gestein.
Und – höre mich! – ob Rötel in der Schicht?
Rot war die Wand, unmöglich wär' es nicht.
Und hör! – Am Grunde sah ich etwas ragen,
Das weiß und zuckend an der Scholle hing.
Mir schien's ein Tuch, vom Wellenschlag getragen,
Der Himmel wolle, daß ich falsch gesehn!
Vielleicht im Spalt sich eine Taube fing:
Doch damals meint' ich ins Gericht zu gehn. – –

Es war ein bitter, o ein hart Geschick,
Was mich betraf in Jugendmut und Glück,
Doch Zeit ist kräftig und die Heimat lind.
Um meine Scheitel wehte mancher Wind.
Ich nahm ein Weib, ich sah mein eignes Kind.
Nicht wahr, mein Sohn? Du weißt noch, als du klein,
Daß ich gelacht und öfters fröhlich war.
Ich sah mich frisch an deinen Augen klar:
Ja, Kinder müssen unsre Engel sein!
Wenn ich mit dir getändelt, ward mir's helle,
Ich fühlte nicht am Kopf die heiße Stelle.
Das Alter kam, das Alter stellt' sich ein; –
Nun vor den Augen schwebt es mir zumal,
Nun vor dem Ohre hallt es ohne Zahl:
,O bete! ringe! hilf ihm aus der Qual!'
Ach Gott! du weißt nicht, wie voll Brand mein Hirn,
Wenn mir der Dunkle nächtlich rührt die Stirn,
Genau, wie scheidend er gestreckt die Hände;
Auch jetzt ich fühle, wie das Blut sich dämmt.
Geduld, Geduld! Da kömmt er, kömmt er, kömmt!«

Das Blatt ist leer; hier hat die Schrift ein Ende.

So mild die Landschaft und so kühn!
Aus Felsenritzen Ranken blühn,
Der wilde Dorn die Rose hegt.
In sich versenkt des Arztes Sohn
Schwand in des Waldes Spalten schon,
An seine Stirn die Hand gelegt.

Und wieder einsam tost der Fall,
Und einsam klagt die Nachtigall.
Mich dünkt, es flüstre durch den Raum:
O Leben, Leben! bist du nur ein Traum?

Anhang:

Des Arztes Tod

Im linden Luftzug schwimmt mit irrem Schein
Des Nachtlichts Fieberflamme; und kein Laut
Verbirgt des Röchelns leises Nahn dem Ohr,
Das angstvoll ob dem bleichen Antlitz lauscht.
Still liegt der alte Berthold, tief gesenkt
Die heiße Wimper, und ein wirrer Schlummer
Hält ihm die halberloschnen Sinne fest.
Doch nun ein tiefer Atemzug; er wälzt
Das trockne Aug' empor: »Bist du's, mein Sohn?«
Und zitternd reicht der Jüngling ihm die Hand.
Ein wenig wendet mühsam noch der Greis
Das matte Haupt, dem schon die ersten Zeichen
Der kalten Perlen die Natur gesandt.
»Ist's denn so schwül?« haucht's durch den Vorhang auf
Und dann: »Das ist die Todesangst, mein Sohn!«
Gebrochnen Herzens hebt der Jüngling sich,
Und bei der Lampe ungewissem Schein
Gießt tröpfelnd er – ach, jeder Tropfen fällt
Versengend Feuer in die eigne Brust! –
Das Letzte, was der kämpfenden Natur
Furchtbar erfinderisch die Kunst erzeugte,
Von Todesangst der Todesangst geweiht,
Ein giftig Leben, ein belebend Gift,
Ein grausig Opfer, schaudernd dargebracht
Der schönsten aller Pflichten, so da heißt:
»Du sollst den Docht beleben, weil er glimmt!«
»O Vater«, spricht er bebend, »was da lebt,
Das mag gesunden! Gottes Macht ist groß!
Wo Odem, da ist Hoffnung!« – Langsam schlürft
Der Greis die Tropfen, und ein Lächeln will
Sich bilden um den krampfbewegten Mund:
»Du reichst mir Naphtha und sprichst Hoffnung aus?
Mein Kind, der Schmerz hat dein Gemüt verwirrt.
Du hast vergessen, was dein Vater war.
Wer fünfzig Jahr' den Pulsschlag hat belauscht,
Wer fünfzig Jahr' hindurch den Tod gesehen,
In tausendfachen Bildern dennoch immer
Sein unverkennbar Siegel führend... Sprich,
Schläft denn dein Bruder? Wo ist Theobald?«

Und stumm aus des Gemaches tiefsten Schatten
Schleicht, heißen Jammer im gesenkten Blick,
Dem langsam rollend sich die Trän' entwindet,
Ein bleicher Knabe, nah dem Jüngling schon,
Und hingesunken an des Lagers Rand,
In glühender Verzweiflung jeden Laut,
Den Todeslaut der Brust tief in sich saugend,
Sucht er vergebens in den teuren Mienen
Dem langgewohnten lieben Ausdruck auf.
Doch mählich den erstorbnen Gliedern kehrt
Ein fieberhaftes Sein; gefesselt liegt
Die Todesmacht, der Atmosphäre gleich,
Wenn hoch in ihr sich der Orkan erzeugt;
Der halbentflohne Geist schaut noch einmal,
Ein helles rotes Flämmchen, durch der Augen
Gebrochne Nacht, und durch das Antlitz zieht
Zum langen, langen Abschied einmal noch
Des Lebens zarter Schein. Tief saugt der Greis
Der Luft unschätzbar teures Kleinod ein.
Und also spricht er, immer hellern Lauts,
Wie ihm des Odems süße Wohltat kehrt:
»Ihr Kinder, laßt mich reden, und gedenke
Nicht deiner Kunst, mein Sohn! Du weißt es nicht
Und keiner, dem nicht also ist geschehn,
Wie furchtbar in dem schwirrenden Gehirn
Der schwindenden Besinnung letzte Kraft
Sich abquält um des Wortes Erleichterung,
Wie siedend der Gedanken wirrer Schwarm
Bald, nur in dumpfer Ahnung, Namenloses
Der kämpfenden Erinnerung versagend,
Bald sonst Unwicht'ges immer riesenhafter
Und immer schwerer in die Seele senkend
Vergebens die entflohne Stunde sucht.
Was wähnt' ich nicht versäumt! Wo ist es nun?
Mein Karl, dein Weg ist offen. Geh mit Gott!
Ich sorge nicht um dich, mein Sohn; sei treu
Ob deinem Bruder! Theobald! Mein Kind!
Komm näher mir, mein Kind! Du bist noch jung,
Und alle Macht, so Gott in meine Hand
Gelegt ob dich, ich übertrage sie
An deinen Bruder; wie du folgsam bist,
So hast du mich geliebt. Ihr Kinder, seid
Ja zart und treu mit dem Gewissen, hütet

Es vor der Zeit versteinernder Gewalt!
Was leicht verharscht das Leben, reißt der Tod
Als fressend unheilbare Wunde auf,
Ein Engel mag ob euren Schritten walten!
Die letzte Stund' ist schwerer als ihr denkt.
O betet, betet, Kinder: Hin ist hin!
Und meine Kraft ist hin! 's ist schrecklich! Ewig!
's ist schrecklich! Ewig, ewig! Betet, Kinder!
Ich kann nicht... weiß nicht... helft mir sinnen... Karl,
Schreib das Rezept

Die letzten Worte stößt
Der Greis nur mühsam aus der Brust; dann folgt
Ein dumpfes Murmeln, unaufhaltsam schnell,
Doch unverständlich. Seine dürren Arme
Schlingt er in Windungen ums bleiche Haupt.
Sein starrer Blick zeigt kein Bewußtsein des,
Was ihn umgibt. An seinem Lager sitzt
Sein Erstgeborner, auf den Sterbenden
Den trüben Blick geheftet: keine Muskel
Zeigt zuckend seinem Schmerz, die Träne nicht,
Doch weiß ist sein Gesicht wie Schnee, die Hand
Wie die des Toten starr und kalt. Nicht fern
Inmitten des Gemachs am Boden liegt
Der Knabe: unaufhaltsam strömt sein Weh
In glüh'nden Zähren; krampfhaft Schluchzen schüttelt
Die junge Brust; er windet sich, er stöhnt,
Dann springt er auf; ein fromm erzognes Kind,
Kniet er im Winkel, und sein wimmernd Flehn
Steigt Lavaströmen gleich empor, doch halb
Ist's Wahnsinn, halb ein kindlich treu Gebet.
Den Himmel möcht' er stürmen; alles will
Er, alles opfern: jede Jugendlust,
Will Jahre kranken, selbst das junge Dasein
Ist nichts um diesen Preis. O, hätt' er Macht,
Er wagt' es, Gott zu diesem Tausch zu zwingen!
So schwindet Stund' auf Stunde, Stern auf Stern
Schließt matt die Wimper, nur der Hesperus
Schaut nach der Dämmrung mit dem goldnen Auge
Verlangend aus. Da fährt ein scheuer Streif
Am Horizont empor, und höher steigt's

Und wirft die zarten Lichter ins Gemach
Des Jammers. Still ist's um des Kranken Bett:
Kein Röcheln, kein Geächz dringt durch die Spalten
Des weißen Vorhangs; und das dunkle Haupt
Fest eingedrückt den beiden Händen, scheint
Von tiefem Schlaf der Jüngling übermannt.
Aus jenem Winkel nur bricht oft ein Ton
Des Wimmerns, ein hervorgeschluchzter Laut
Die stumme Luft; noch unermüdet kämpft
Der Knabe um sein Liebstes im Gebet.
Doch wie das Morgenlicht die Stirn ihm küßt.
Da wird's ihm leichter; hat er doch gerungen
Mit jenem Glauben, der die Berge hebt.
Nicht sind die Arme ihm ermattet, nicht
Gewankt hat sein Vertrauen. So muß der Himmel
Sich ja erbarmen. Stillen Schrittes schleicht
Er durchs Gemach: „Mein Bruder! Schläfst du, Karl?
Du schläfst?" So flüstert er. Da hebt das Haupt
Der Jüngling, schaut aus den verstörten Zügen
Ihn eisig an. Entsetzen faßt das Kind.
Zum Lager fliegt er, reißt den Vorhang auf,
Des Vaters Hand ergreift er, dann ein Schrei,
Ein mattes Taumeln, und zu Boden, schwer
Wie eine Säule, stürzt er. Weh[e], weh!
Wer seinen Vater hat, der bete still!
Ach, einen Vater kann man einmal nur verlieren!